高士琴韵

许有琴 著

兰州大学出版社

图书在版编目(CIP)数据

青土琴韵/许有琴著. —兰州:兰州大学出版社,
2012.3

ISBN 978-7-311-03870-0

Ⅰ.①青… Ⅱ.①许… Ⅲ.①诗词—作品集—中国—
当代 Ⅳ.①I227

中国版本图书馆 CIP 数据核字(2012)第 036440 号

策划编辑 陈红升
责任编辑 张宏发
装帧设计 刘 杰
封面题字 许尔瑞

书　　名　青土琴韵
作　　者　许有琴 著
出版发行　兰州大学出版社　（地址:兰州市天水南路 222 号　730000）
电　　话　0931－8912613(总编办公室)　0931－8617156(营销中心)
　　　　　0931－8914298(读者服务部)
网　　址　http://www.onbook.com.cn
电子信箱　press@lzu.edu.cn
印　　刷　兰州奥林印刷有限责任公司
开　　本　880 mm×1230 mm　1/32
印　　张　7
字　　数　30 千
版　　次　2012 年 3 月第 1 版
印　　次　2012 年 3 月第 1 次印刷
书　　号　ISBN 978-7-311-03870-0
定　　价　28.00 元

游沙湖

天下黄河宁夏福金
荻银稻漫川拂碧波千顷
水乡画卷紫霭万绕塞上图
雾霭青纱穿李杏叽叽水
鸟逗虾鱼近开西夏皇陵
墓山色湖光一览馀
一九九八年春

武威览胜：祁连莽莽览沧桑丝
路飘绸追汉唐马踏飞燕
游汉墓人登扁叶泛石羊
天梯水映南佛祖文庙碑
雲西夏王跃马杨鞭歌雪
域风拂大漠耀金光

二零零三年

序

牛兆虎

　　许有琴先生要出版诗集，约我写几句话，我乐意为之。其源于我对作者的相识和相知。上世纪九十年代初，我们有缘在一个机关工作，因工作需要，多有接触，深感他为人诚实，工作勤奋，知识面广，文笔出众，理论功底厚实。后因工作调动，各奔东西，但心灵相通，联系未断，是为相知。也源于我对诗词的偏爱和钟情。一提诗词，眼前一亮，何况是朋友出诗集，岂可袖手? 在传统文化日渐升温的今天，格律诗队伍中又添骨干，乐意就成自然。

　　粗翻诗稿，从内容看：主要是讴歌时代，眷恋家乡，兴怀感世，江山览胜，孝悌友友，民族自豪等;有对先辈养育之恩的怀念，有对后辈学业前途的希冀，有对家乡生态环境恶化的忧思，有对教育事业发展的见解，也有对科教兴国经济腾飞的企盼。

由于感情真挚,凝聚笔端,诗作中不泛闪光妙句。如反映石羊河流域治理的篇章主题鲜明,催人奋进:"荫子千秋成大业,为前一代著华章。""上下石羊春涌动,飘来细雨润西河。"落墨大气,意境高远,足见作者襟怀。诗之根,存于情。有琴曾长期从事教育工作,受益于教育,钟情于教育,文中描写教育的诗歌,真切感人:"三尺讲台披柳月,一支彩笔写华章。""午夜和衣才入梦,雄鸡报晓又催晨。"一个活脱脱的忘我的教育工作者,展现在读者面前。由于作者观察生活细致入微,落笔处妙语迭出,比如在《游古城南京》中写道:"六朝胜地游春景,五月秦淮泛叶舟。"在《游沙湖中》中有"碧波千倾水乡画,烟霭万丝大漠图"等佳句,直追唐人。集子中辞赋虽篇幅不多,却深切感人,尤以祭父文为最:言辞恳切,情动于中,催人泪下。足见其笔底功夫。

读了这本集子,再次感受"人在长城之外,文居诸夏之先"的名句。格律新声新韵部分,韵律严谨,对仗工稳,幽远隽永;古风古雅部分,笔墨酣畅,朗朗上口;自由诗曲部分,热情奔放,充满时代感;骈辞新赋部分,情景交融,凄美感人。总观全书,语言朴实,取材广泛,内容丰富,雅俗共赏。祝贺武威诗词园地又增新葩。预祝《青土琴韵》得到更多朋友的青睐。

辛卯仲秋于金城补拙庐

目 录

目录

古风古雅

自由诗曲

骈辞新赋

高士琴韵

新声新韵

登金城南山

雨霁满山飞彩霞，

金城俯瞰万枝花。

黄河浪涌舟击水，

白塔林飞鸟起家。

近览城郭织锦绣，

远观田野乐桑麻。

陇原大地新春景，

处处欢歌颂物华。

游湘西凤凰城

陀江碧水荡漪波，

两岸松青竹袅娜。

口品田螺呷米酒，

耳聆湘妹对山歌。

金樽玉液苗寨曲，

雨露阳光民族和。

紫气东来金凤落，

钟灵毓秀蕴才哲。

湘女下天山

大军屯垦戍边关，

一代而终自古然。

独具王公瞻远瞩，

八千湘女下天山。

开疆拓土青春曲，

繁衍生息域塞天。

若数巾帼当此卷，

可歌可泣可碑刊。

注：1948年12月王震将军带着十万大军解放新疆，之后，为解决屯垦部队官兵婚姻问题，建议中央征收女兵进疆，此举首先从湖南开始，先后三年共征湘女8000名。

情吟古浪峡

浴血西征泣鬼神，

幽幽峡谷起风云。

烟腾古道暗天色，

血洗黄沙腥地尘。

盛世太平千嶂绿，

大山深处万家春。

几度雄关悲喜至，

常怀英烈泪沾襟。

武威览胜

祁连莽莽阅沧桑，

丝路飘绸追汉唐。

马踏飞燕游汉墓，

人登扁叶泛石羊。

天梯水映如来祖，

文庙碑垂西夏王。

跃马扬鞭歌雪域，

风拂大漠闪金光。

贺天宫一号升空

人造天宫翔太空，

飑飑洒洒舞长风。

银河昨映巡游路，

皓月明交吻会情。

喜庆泪花飘大漠，

欢歌美酒荡京城。

华国万里千年梦，

游子扬眉红五星。

读岳飞《满江红》

生死坚贞不二心，

忧国忧宋复忧民。

尽忠溅血御金寇，

折戟沉沙染紫尘。

雁塞风餐三九雪，

贺兰横扫万千军。

正当征讨破敌日，

壮志未酬遭佞臣。

咏　雁

花落花开年复年，

南征北苦暑寒天。

乱云滚滚搏风浪，

迷雾重重避鹫铦。

回首惊魂棘满路，

赏心悦目水盈帘。

若无冰雪润春蒂，

玉树哪来秋果鲜。

天命述怀

岁月沧桑银发生，

时疏时谢落无声。

功名利禄少经意，

笔砚诗书多有情。

回味半生风雨路，

追思几度雾霜中。

东隅痛惋十年难，

满目桑榆惜彩虹。

新声新韵

游古城南京

满目氤氲两岸柚，

霏霏细雨和江流。

六朝胜地游春景，

五月秦淮泛叶舟。

王谢乌衣存古巷，

牌楼朱第空王侯。

红楼乃是千秋曲，

过海漂洋吟九州。

注：乌衣巷，在今南京秦淮河南，距朱雀桥不远。这条街巷的得名有多种说法：一说三国时期吴国曾在这里设过军营，军士都穿黑衣服，故名；一说晋王朝南渡后，王导、谢安两大家族住在这里，其子弟都穿黑衣服，故名；一说乌衣巷指燕子，王、谢家中多燕子，故名；王谢指王导和谢安，他们都曾在晋朝任过宰相，他们的家庭都是有名的世家大族，六朝巨室。

青土湖植树

雪花飞舞彩旗扬，

车水马龙众手忙。

荫子千秋成大业，

为前一代著华章。

豆秸麦秆格格网，

瀚漠流沙步步降。

诚请黄鹂吟伴唱，

春风播绿染家乡。

注：青土湖，石羊河末端，民勤县之北。上世纪40年代湖水荡漾，50年代末逐渐干涸，是民勤县生态恶化的历史见证，备受央视关注，2007年国庆节，温家宝总理亲临视察。

新声新韵

虎年元宵

梅雪竞春春醉人，

烟花朵朵映星辰。

张灯结彩烘明月，

展树扬花和彩云。

自汉宸游皇室夜，

迄今歌舞百家门。

游园人数最谁乐，

许愿灯飞童子欣。

百塔寺吟

丁卯震灾百塔焚，

重修盛世色一新。

三座拱桥横泮水，

两池菡萏吐芳芬。

善男信女红烛愿，

王子高僧天下心。

青史永垂归属卷，

江山一统载昔今。

注：百塔寺也叫白塔寺，位于甘肃省武威市武南镇白塔村刘家台庄，藏语称作"谢尔智白代"，即东部幻化寺，为藏传佛教凉州四寺之一。白塔寺是西藏宗教领袖萨迦班智达（萨班）与蒙元代表、西路军统帅阔端举行"凉州会谈"的地方，也是后来萨班圆寂之地。据说是西藏最早归属祖国版图的见证之地。

金昌行

驱车一路柳飘拂，

六月伏天走镍都。

幢幢小楼农舍乐，

霏霏细雨谷桑熟。

平生初睹钢花浪，

有幸重登人造湖。

龙首山吟金武曲，

石羊泼墨画新图。

唐家山堰塞湖抢险大捷

倾盆暴雨雪添霜,

滚滚洪流堰塞扬。

大震将息生水患,

三川又惧作河殇。

兵民联手志搏浪,

上下同心力挽缰。

试看五洲张大爱,

千钧一发化安祥。

咏凉州古城

大街小巷柏穿松，

古韵新风出巧工。

北傍石羊一水绿，

南依丝路万山红。

葡萄美酒流华夏，

马踏飞燕遨宇穹。

月下琵琶贤孝曲，

五凉文化载书城。

题武威二中

古槐翠柏伴铎悠，

不夜书声香满楼。

细雨随风滋玉树，

厚德载物写金秋。

人杰漾溢勤吟卷，

文荟咀含苦作舟。

百岁沉浮沧海浪，

三千学子踏神州。

百年春雪

百年一遇雪春寒，

麦道田间玉浪翻。

千树万枝张玉画，

三杯两盏话丰年。

清风日化蓝溪水，

湿地禾拂绿浪天。

如若上苍汲大漠，

红崖何虑不清泉。

访古山小学

古山人苦寒窑里，

入内心酸满目凄。

三块土坯一鼎灶，

举家财产半桌席。

省吃俭用书田路，

戴月披星汗水犁。

欣沐春风吹两免，

秋酬三苦桂飘枝。

注：古山，古浪县古山乡。

春色满楼

盆添新叶室生和，

朵朵红梅暖雅阁。

窗外轻风拂嫩柳，

庭中荧视唱红歌。

日得宁静琐杂少，

书览古今乐趣多。

儿女同春心绪好，

天伦之乐自斟酌。

《武威日报》创刊25周年

日行山水夜张灯，

风雨兼程笔墨人。

廿五春秋光岁月，

万千景象长精神。

抚今追远遥遥路，

酌句甄言字字心。

举目山川春水绿，

莺歌燕舞庆生辰。

新声新韵

咏　酒

开瓶顿觉天空大，

覆盏油然韵味长。

不论清浊春满面，

互倾心肺话衷肠。

油盐酱醋家常苦，

中外古今国事香。

对酒当歌仙乃醉，

人间万象玉壶装。

游 沙 湖

天下黄河宁夏福，

金菽银稻满川拂。

碧波千顷水乡画，

紫霭万丝塞北图。

处处青纱穿李杏，

叽叽水鸟逗虾鱼。

近开西夏皇陵墓，

山色湖光一览馀。

七月半上坟

七月伏天祭祖茔，

三来宗室叩无声。

夏禾开碾夺仓储，

秋黍荷锄断草萦。

报更男出车马月，

落昏女入碗瓢星。

吆牛耕苦千鞭米，

粒粒颗颗浸雨风。

游兴隆山

朝霞朵朵簇双虹，

一路游人攀九重。

雨过兴隆林秀翠，

风吹甘露卉香浓。

五峰遥望一河里，

百舸争流两岸中。

景色宜人天作美，

无忧无虑醉春风。

温家宝视察民勤生态

黄龙滚滚卷桑麻，

朝为家园夕为沙。

草障日间才筑起，

禾菽夜里又吹拔。

翁悲妪叹祈神鬼，

男走女出奔海涯。

谁惦苍生怜疾苦，

枯湖大漠染红霞。

登祁连山

祁连飞雪舞霜衣，

玉画松图满目奇。

日照溪流凫鸟唱，

风吹野卉乳莺啼。

咯咯大雁蓝天远，

咫咫雄鹰羽翅低。

好友一壶陈酿液，

酩然醉卧日斜西。

新声新韵

夜宿天堂寺

天堂庙宇溢清寒，

淡淡幽幽倒不安。

夜半银河星闪烁，

更三古寺月悠然。

虽居槛外仙佛地，

却念凡间雁塞天。

明早一别何所事？

大同江水旧涟涟。

长沙飞兰州

南游山水踏春行，

北望黄沙千万层。

昨晚潇湘翻绿浪，

今朝甘陇作狂风。

怨天本应同儿女，

忧地偏心区瘠丰。

一路梦萦花染木，

两山何日草青青。

丁亥年国庆中秋重逢

秋高气爽汉河繁，

缕缕青光护玉栏。

万朵烟花同寿诞，

千层月饼供银盘。

良辰美景金宵夜，

沧海桑田盛世年。

月映嫦娥舒广袖，

翩翩助兴和人间。

天祝藏族自治县成立60周年

彩旗猎猎鼓锣喧，

朵朵格桑红草原。

鹰旋观光同典礼，

马驰贺彩共华年。

熊熊篝火载歌舞，

曲曲锅庄乐地天。

藏韵三杯相祝酒，

扎西德勒唱团圆。

访兆虎先生不遇

温文尔雅笃实人，

从政为师受敬尊。

夜伴灯花披热卷，

年经宦海守冰心。

顶风沐雨沙乡路，

问暖嘘寒百姓门。

知遇之恩难忘却，

一枝一叶恋昔今。

注：牛兆虎，甘肃武威人，曾任民勤县委书记、武威行署常务副专员、市人大常委会主任等职，喜爱诗赋，造诣较高，与作者有知遇之恩。

赏诗有感

诗工诗盛大唐时，

秋水丽章苏宋词。

屈子长歌抒苦闷，

后主短曲蕴悲思。

古兴曲赋多皇室，

今领风流数润之。

仄仄平平松不老，

自由奔放展新姿。

古浪一中建校50周年

红叶纷飞秋韵长，

莘莘学子踏朝阳。

金关昔日烽烟苦，

银锁今晨翰墨香。

三尺讲台披柳月，

一支彩笔写华章。

五十冬夏园丁路，

九月秋香收获忙。

注：金关银锁，古指古浪峡，地势险要，是河西四镇
之门户。

龙王庙压沙

顶风冒雪会沙丘，

沙枣胡杨锁绿洲。

上下同圆红岸梦，

东西共解柳湖愁。

莫说春暖有暇度，

试看冬寒无假休。

百姓于今同努力，

敢教黄患变清流。

注：柳湖，指民勤县柳林湖。红岸，也称红崖，这里指红崖山水库。

高土咏

新声新韵

柳 湖 行

云舒云卷几经磨，

步入柳湖思绪多。

昔日扁担挑跃进，

今朝绿水荡清波。

驱车两岸农家乐，

笑语声声田野歌。

上下石羊春涌动，

飘来细雨润西河。

注：跃进，指民勤县跃进渠，贯通民勤南北，始修于
1958年大跃进时代，取名跃进渠。

舟曲行

陇风蜀水浪花飞，

似画如诗客忘归。

滚滚龙江环堰塞，

巍巍拉尕绕青辉。

春拂橄榄游人喜，

秋串葡萄玉树累。

藏妹汉兄同热土，

登舟跃马两相催。

搬　家

慈母早春入殓安，

秋凉说父养城间。

临行故里劳劳话，

相挽柴门恋恋牵。

旧具老什情注久，

妻心吾意手裁难。

察观家父三回首，

毕竟茅宅几百年。

离民来武感怀

本是农家薄第人，

半生笔墨献青春。

经山踏遍沙城雪，

折水攀追漠北云。

虽愧无功编锦绣，

但凭有苦获香醇。

亲朋好友金杯热，

何处不牵乡梦魂。

乡土吟韵

新声新韵

参观滴水洞

山似馒头水月弯，

苍松环抱荫清潭。

韶关日映华国亮，

滴水风吹红雨寒。

字报一张掀地起，

生兵百万闹天翻。

迄今众议大革命，

后世史家分紫蓝。

注：滴水，即滴水洞，韶山的一个山洞。字报，即毛泽东的一张大字报。生兵，即红卫兵小将和支"左"部队。

游天祝小三峡

雪飞六月五台山，

一路大同一色蓝。

千里绿茵肥骏马，

万姿红灿映高原。

车行幽谷鸟吟曲，

人涌巅峰雾抱团。

水秀山清消暑地，

咩咩羔乳白云天。

注：大同，指大同河。

贺方舟就读川大

六月荷花映日红，

喳喳喜鹊俏枝登。

十年秉卷寒窗里，

一举垂青籍桂中。

代父木兰当烈女，

填词清照楷才英。

而今学海寸方步，

万水千山不怠征。

注：方舟，洪元涛之女，天资聪慧，长书画。

观央视赈灾义演晚会

不测苍天作雨云，

狼毫六管共频吟。

翻山越岭冰霜路，

废寝忘食灯火人。

热泪滴滴飘墨砚，

高歌曲曲鼓精神。

台前幕后共鸣曲，

慷慨解囊十亿心。

高士琴韵

新声新韵

引黄济民工程通水

天河掉首日奔西，

越岭翻山渡暗渠。

昨晚烟花飘玉树，

今朝波浪润春犁。

欢声笑语农家院，

击鼓张锣跃进堤。

子子孙孙千载梦，

说今道古堪称奇。

逛 金 城

一河春水绿春枝，

货畅人云车似织。

十里店通学海路，

五泉鸟觅梵宫粲。

彩灯明月同星汉，

良夜滨河共此时。

潮起南巡歌大地，

陇原儿女舞新姿。

陪 考

一根独木渡千军，

望子成龙伴子吟。

午夜和衣才入梦，

雄鸡报晓又催晨。

开科卷洒儿郎汗，

选志彷徨父母心。

又是一年七八九，

文昌难了百家勤。

怀念作家魏巍

大师跨鹤九天行，

千古文章千古名。

笔墨一生歌将士，

军营半世沐霜风。

巍巍宝塔延安路，

处处枪林鸭绿情。

追远抚今三部曲，

共鸣华夏万千兵。

注：三部曲，指《东方》、《火凤凰》、《地球红飘带》，
上世纪70年代以来，魏巍创作的三部巨著。

题腊子口人民英雄纪念碑

滔滔江水白龙急，

绝壁悬崖飞鸟稀。

一座丰碑铭壮士，

两山翠柏挽青枝。

巧夺天险神兵速，

威镇雄关圣武奇。

仰视将军挥赤笔，

以安忠烈为国躯。

注：圣武，指孙武，战国时期著名军事家。将军，指杨
成武。"腊子口人民英雄纪念碑"十个红色大字为杨成武
所题。

父亲周年祭祀

凄风苦雨硷沙滩，
断壁残垣枯树寒。
父母嫂兄人作古，
纸竹香火泪浸衫。
教儿莫忘书田路，
嘱女常怀柴米盐。
人到中年多往事，
张张页页梦中翻。

农家乐园避暑

骄阳绣麦穗金黄，

阵阵南风玉谷香。

坐兴塘边鹅戏水，

登高田野碾环场。

浓荫信步沙丘凉，

纤柳拂湖溪水长。

车往人来乡径曲，

悠悠塞外乐仙庄。

赠甘为龙先生

少小沙城门第家，

心高气傲志天涯。

风云半道家国事，

星月长图霜鬓花。

正本清源逢盛世，

残章旧砚颂中华。

已知岁月东隅尽，

不舍桑榆惜晚霞。

登麦积山

青松环抱六朝峰，

佛祖万尊雕壁中。

一览风光凝紫气，

晓知天地蕴才英。

街亭镇载三国志，

羲祖庙传华夏情。

折水经山游古道，

三崖六寺览秦风。

民勤二中50周年校庆

依稀土炕枯梢林，

但见层楼一色新。

飞鸟雪泥寻爪印，

故园游子访师音。

隆冬嘘手消长夜，

盛夏吟书撵短荫。

岁月沧桑风雨路，

流年似水五十辰。

新声新韵

挽志荣父

香火纷飞泪浸衫，

旗幡冽冽日光寒。

先生羽化登极乐，

英范常存昭宇寰。

童女童男春雨里，

纸车纸马陌阡间。

是情是孝心难去，

儿女双成带笑还。

春登武威南城门楼子

轻风伴我凭栏望，

细雨霏霏醒柳长。

举目群山春色染，

低头泮水绿波扬。

大街小巷人涌动，

远野近郊犁作忙。

更喜杏花风景线，

潇潇洒洒助芬芳。

黄土琴韵

新声新韵

民勤一中70周年大庆

书韵瓜香秋喜红，

沙乡本色陇原名。

良师秉卷七十载，

学子扬帆九万程。

自强代代燃薪火，

重教家家光祖风。

三苦精神桃李曲，

滋兰树蕙满庭英。

北京残奥会开幕

风光大赛北京城，

残奥健儿又踏征。

七彩道中彰毅智，

五环旗下写春生。

夏荷秋色艳阳画，

冬雪春花明月情。

宛转悠扬天籁韵，

海涛一曲鸟巢红。

注：七彩道，指北京残奥会开幕时，有千名身着彩装的卡通员涌入场内铺就的一条美丽跑道。海涛，指盲人歌唱家杨海涛。

二月二

龙传二月二抬头，

祭拜风俗远九州。

修发男怀偿夙愿，

停针女懈空花楼。

麸糠成线三龙引，

风雨随心五谷流。

地转日行然物理，

登天隐水乃春秋。

注：二月二是传统习俗，龙抬头的日子，民间有许多乡俗和祭拜活动，男儿理发意寓鸿运当头，妇女不动针线怕走针扎了龙眼，家家户户用麸糠在地上画三条线，一引懒龙出门，二引勤龙进门，三引钱龙至家。登天隐水，意为龙见龙潜，出自《说文解字》中讲龙的话，"春风而登天，秋风而潜渊"。实际上来自古典文学，指地球公转与恒星运动的变化。

怀念唐老先生

短月长工少小痕，

阳光雨露沐天恩。

一生满志供销路，

两袖清风操守人。

怅望于今登羽鹤，

慰安作古寓芳茵。

儿孙痛惋您匆去，

十里柳湖泪染尘。

注：唐寿年老先生是民勤县原中渠乡人，近日病逝。享年80岁。解放前家境贫寒，给富裕人家打过长短工，解放后参加革命，加入中国共产党，大半生从事商贸工作，勤勤恳恳，长期担任领导职务，两袖清风。为人正派谦和，教子育孙有方，乡邻故里口碑甚好。我与先生可谓忘年之交，先生溘然长去，令人惋惜，故吟此作，以表心意，告慰先生在天之灵。

高山琴韵

新声新韵

乡径漫步

蛙唤陌头兆雨来，

咕咕布鸟彩云翻。

初伏点点催禾饱，

润蓿青青五畜酣。

乡景乡音垄上行，

云销雨霁晚霞红。

耕泥阵阵芳香味，

闹市难能等此同。

机轧石夯悬木椽，

日光温室并肩安。

同频共振石羊水，

子子孙孙鱼米川。

舟曲吟

山崩夜半祸流降，

悲地悲天寸断肠。

昨日船城花染木，

今朝一片没泥浆。

哀乐低沉旗半扬，

雪花冰冷惋国殇。

长笛一曲倾盆雨，

千里陇原泪满江。

陇原儿女并肩行，

共济同舟风雨中。

感慨三军当大任，

一息生命不言轻。

高士琴韵

新声新韵

河 州 行

细雨绵绵临夏行，

半坡野卉半坡松。

中英项目解学苦，

铺路搭桥荫子荣。

太子松涛阵阵来，

鸣岩飞瀑画屏开。

伊兰悦馆禹王酒，

回女汉童情满怀。

临河滚滚浪千重，

瑰宝万年阴水宫。

串串化石和政馆，

源源华夏恐龙情。

秋 吟

飒飒秋风红叶飞，

潺潺溪水荡堤回。

夜游海藏公园静，

青女不觉把我催。

一场秋雨溢清寒，

云淡空高北雁南。

雾起三更霜白地，

深楼巷里放菊天。

星汉似银无籁音，

月光如水洒帘衾。

壁间钟摆往来事，

长夜难消床上人。

病床感悟

神往京城梦里游，
此情此境却医求。
三番五次剪刀室，
面对天灯万念休。

金海银山蕴祸福，
取之有道勿非图。
人生来去不同伴，
身后儿孙诸子书。

追名逐利浮萍草，
艺就书成一路桥。
处事宽怀天地大，
厚德载物步云高。

缅怀毛泽东

一轮红日冉韶关，
唤起工农举义竿。
壮志少年天下事，
激扬文字点江山。

南征北战舍家亲，
矢志不渝求复兴。
驱蒋逐倭戎马路，
运筹帷幄万千兵。

挑战封资藐美英，
斗天斗地乐无穷。
毕生精力华国事，
怀纳百川歌大同。

思想闪光马列风，

文章气魄贯长虹。

登山吟唱红旗卷，

古往今来书海情。

江山代代有才人，

一辈前贤载后君。

万里长征开大业，

三中全会启国门。

《百家讲坛》听书

央视开坛采百花，

红楼梦里赏奇葩。

阳春白雪风流曲，

艺苑佳什出大家。

陇上早春

胡杨树树挂青纱，

芳草向阳吐嫩芽。

近水远山春料峭，

房前屋后杏飞花。

春雪飘飘天赐金，

人勤二月地生银。

机鸣卷起泥花浪，

鞭舞农夫并马春。

点水蜻蜓款款空，

咩咩羔乳逗茵丛。

轻风醒绿一堤柳，

满目禾苗细雨中。

金川公司60周年大庆

马达炉火两相催,

镍浪销花红雨吹。

货畅三江名海外,

人勤五更俏枝累。

高楼林立映阳红,

过巷穿街木竞荣。

万紫千红春大地,

一湖碧水荡山城。

栉风沐雨六十年,

地覆天翻创业艰。

昔日不毛戈壁地,

而今塞上览春园。

沙生植物园

园卉沙生次第芳，

千姿百态引蝶忙。

轻风吹絮柳杨落，

片片黄花沙枣香。

登白塔山

远闻南雁近扬帆，

东去黄河浪九天，

古柏苍松芳草绿，

阴峰阳谷斗婵娟。

过腊子口

石栈天梯腊子关，
雄鹰欲度叹星寒。
鲁公倚险洋洋意，
那晓神兵昨夜翻。

溪水清潭一线天，
莹花四溅瀑垂帘。
人间那此仙人境，
玉卵生辉吹紫烟。

登高浮翠雾茫茫，
五彩缤纷野卉香。
最爱小桥流水曲，
自惭即景不成章。

少女少男觅爱音，
登山吟唱逗春心。
花前月下鸳鸯曲，
打打吹吹抱玉人。

注：鲁公，指国民党守将鲁大昌。

农家院纳凉

绿树浓荫夏日长，
农家小院纳清凉。
微微一缕南风起，
田野飘来麦秀香。

五泉寺听经

五泉丛里雀喳喳，

古庙经堂语似花。

来去禅云心没意，

善男信女咏红霞。

送教天堂寺

秋风秋雨伴秋熟，

满目青山七彩图。

冉冉红旗迎旭日，

琅琅双语起晨读。

夜宿天堂村

星光闪烁月娇娇，

骏马嘶嘶鸟落巢。

夜宿天堂农舍院，

民歌藏舞酒滔滔。

过五台岭

彩云薄雾五台峰，
似画如诗雪映松。
待到格桑春烂漫，
风光绝胜傲秋红。

芙蓉镇

溪水迎宾吊吊楼，

田螺米酒意兴稠。

古香古色芙蓉镇，

土族风情香满州。

嘉峪关

秦筑长城汉置关，

嘶嘶胡马剑依寒。

汉皇使骞两西域，

漠北尘清一水蓝。

酒泉行

风吹镜铁雪飘香，

丝路胡杨霜染黄。

故旧一瓶银武御，

盛情醉我肃州堂。

东风城

万里长城大漠魂，

航天城里壮青春。

一星两弹神舟曲，

扬我国威揽月人。

新声新韵

题留园

吴越留园巧手裁，

幽廊曼延抱亭台。

小桥流水琵琶韵，

处处诗情画意来。

寒山寺

寒山小寺火竹红，

紫霭青灯古刹钟。

问讯何来人气旺，

枫桥一曲话张公。

注：张公，指张继，唐代诗人，著名诗《枫桥夜泊》。

游西湖

轻舟伴我泛西湖，

柳浪苏堤极目初。

贬佞褒忠游岳庙，

雷锋塔里是非佛。

注：是非佛，指法海和尚。

南营水库

岸柳春风披绿纱，

飘来细雨润新芽。

驱车行看南营水，

红日消冰鱼逗虾。

住宁卧庄宾馆

纤柳假山处处春，

朝花夕月鸟空音。

轻掬一把小溪水，

濯洗三伏爽客心。

咏　菊

傲世清香不染尘，

霜飞霜落倍精神。

春生绿意暖春色，

十月秋红吐彩金。

张 家 界

山峭峰奇云雾中，

苍松翠柏郁葱茏。

隆冬一览张家界，

锦绣江南万紫红。

登橘子洲

岳麓书屋橘子洲，

各掀风骚各风流。

古今唯楚多才俊，

湘水悠悠载史秋。

游雷台

千古雷台千古名，

风和日丽拜雷公。

物华天宝钟灵地，

马踏飞燕面世红。

拜文庙

古庙书香松柏青，
宗师端坐殿堂中。
三千弟子春秋路，
不朽文章天下行。

高士琴韵

新声新韵

和王之涣凉州词

滚滚黄河跃九川，

一泓水绿万重山。

羌笛伴唱恩泽曲，

杨柳春风早度关。

白杨礼赞

叶茂杆挺枝不曲，

朔风昂首傲萧竹。

不惜金墨大师赞，

您数北国伟丈夫。

注：大师，指茅盾先生，所写著名散文《白杨礼赞》收入中学教科书。

新声新韵

寒食踏青

寒食海藏溢清寒，

新柳抽丝湖水蓝。

胜日春光无限好，

秋千最是童儿欢。

游古蜀道

古道穿云远，

谷幽一线开。

峰奇神斧劈，

栈巧大师裁。

一路故国事，

百年烽火台。

三足天下鼎，

感慨孔明才。

拜苏武新庙

依稀铁马寒，

漠北远长安。

夜永冰霜苦，

心常汉室甜。

无节仙赐草，

有梦雁飞天。

羊路忠良曲，

苏山万古传。

注：苏武，西汉大臣。武帝时奉命以中郎将持节出使匈奴，被扣留，历尽艰辛，留居匈奴19年持节不屈，至始元六年方获释回汉。仙草，指无节荄荄草。羊路，指民勤县羊路乡，传说为苏武牧羊所走之道。解放后设羊路乡，现合并改名为苏武镇。

无　题

茕茕身少靠，

步步沐霜风。

笔墨春秋夜，

家国日月情。

有心耕李杏，

无意再功名。

河海千重浪，

孤舟翼翼行。

沙乡晚景

夕阳红大漠，

阡陌染余辉。

落日三风起，

扬鞭双马催。

蛙鸣和鸟叫，

羔跃伴童归。

牧女娉娉远，

炊烟袅袅飞。

纪念建党90周年

南湖一盏灯，

星火映千秋。

北上人间苦，

南征壮志酬。

战争歌热血，

建设唱风流。

岁岁年年月，

红旗漫五洲。

黄土恋韵

新声新韵

杂读有感

诸子百家卷,

春秋精气神。

诗坛歌李杜,

词苑唱苏辛。

赋盛宫庭曲,

史多司马勤。

五千华夏事,

书载古今人。

夜　发

夜走乌鞘岭，

单车路险惊。

山高随雾转，

谷陡绕云行。

六月鹅毛雪，

终年锯刺冰。

怀中儿女事，

星月赶金城。

细雨润大漠

雨落沙葱绿，

晨曦樱果红。

野花争艳丽，

芳草斗青英。

雾绘天然景，

林吹漠塞风。

依稀年少趣，

牧马乐茵丛。

举杯话古凉

玉液葡萄酒，

美名千古流。

驱车游古道，

举杯话凉州。

春绿千禾秀，

秋红万木稠。

羌笛天马曲，

过客醉方休。

高土琴韵

新声新韵

神七问天

神七跃宇穹，

举目五星红。

窗启惊心跳，

舱关喜日升。

蓝天一踥步，

壮士数年功。

利伟寻天路，

哥仨威武行。

注：利伟，指杨利伟。哥仨，指翟志刚、刘伯明、景海鹏。

民勤词

双漠夹扁叶，

阳光四季明。

风淳人质朴，

土沃地宽平。

雨落胡杨绿，

水流五谷丰。

文登诸夏曲，

陇上有芳名。

无　题

秋风桐叶落，

白塔五泉寒。

孤雁向南去，

单车从北穿。

心急人赶事，

路塞雪封山。

年老三分矮，

央人处处难。

看 世 博

浦水浮云雾,

明珠览盛节。

人红华夏馆,

花艳外滩街。

城市书凉热,

世博奏曲歌。

五洲宾客至,

上海喜相约。

新声新韵

丙子年端阳节

细雨枣花丽，

风吹箬叶新。

京城端午日，

床上病中人。

无粽口无意，

恋家心恋亲。

若非殊境地，

难鉴此情深。

牧友晚归

满目霜红叶，

秋风乐牧童。

扬鞭歌小曲，

伴马舞长空。

几净毡房亮，

室和茶奶浓。

劝余杯覆酒，

席地梦乡中。

登宋和村治沙纪念塔

此塔因沙造，

登高览绿洲。

英雄酬壮志，

层木锁龙丘。

碑传沧桑路，

文言玉树稠。

伟人一小瞩，

韵意载千秋。

注：宋和治沙纪念塔，始建于2001年，塔座南侧镶一石碑，碑文记述了宋和村祖祖辈辈治沙造林的坎坷历程，文笔犀利，出自民勤一中校长许少英之手，2006年温家宝总理视察民勤生态，在此仰望赞叹。

史话五凉

五凉多史话，

丝路载边城。

六月祁连白，

三秋大漠红。

汉胡同井市，

皮缎共驼铃。

万里长城远，

难能等此同。

陪央视记者采访煌辉村

大风不见家，

满院是寒沙。

瓦任牛羊便，

田生碰菜花。

残垣独老小，

少壮各天涯。

昔日米粮地，

时今不黍麻。

陇南行

介州带九寨，

陇上小江南。

五凤三千尺，

一江九道弯。

春风拂嫩茶，

秋雨沐香柑。

万象神奇洞，

幽幽六月寒。

注：五凤，指陇南市的五凤山。万象，指陇南市的万
象洞。

暑 雨

三伏三日雨，

暑气遁云天。

久旱秋禾喜，

连阴夏粒寒。

夫忙翻麦垛，

妻叹长芽团。

洪水漫阡陌，

田园苦乐含。

访同窗于介州

道道盘山路，

阴阴松伴竹。

远坡生荠菜，

近水跃金鱼。

观舍四合院，

入屋满架书。

与君长夜话，

对酒笑金壶。

沙乡晨景

雨霁茫茫雾，

莹莹露染禾。

轻风拂绿浪，

骏马牧青坡。

鸟和机鸣曲，

渠吟水溅歌。

乡姑锄下土，

陌道往来车。

读繁己新著

春风大雅曲，

秋水咏诗章。

开卷胸襟阔，

含英韵味长。

沧桑成秀木，

岁月筑金堂。

日理千千事，

夜来瀚墨香。

游九寨

满沟玉树拂，
枫叶点秋图。
九寨人间水，
平生绿意初。

瀑布莹莹落，
游鱼空里飞。
观松听鸟唱，
斜日忘人归。

星夜燃篝火，
锅庄舞助兴。
三杯相祝酒，
一曲哈达情。

大雪节

大雪盛寒至，

冷风脚下生。

窗寒霜伴月，

滴水化滴冰。

湘西黄龙洞

登峰如月处，

入洞似龙宫。

扁叶往来去，

游人梦幻中。

穿古浪峡

金关通四郡，
银锁控西凉。
历代兵争地，
古今史话长。

沿峡多古冢，
感慨万千重。
忠烈杨门女，
乱石荒草丛。

壮烈烽烟谷，
史垂西路军。
苦征一路血，
将士九悲魂。

峡谷金三角，
何时落巨石。
由来无证考，
身世演迷奇。

立 秋

立秋日渐低，
星野月逐高。
缕缕凉风起，
丝丝暑气消。

消　夜

秋爽消秋夜，

天晴月近人。

街灯菊艳丽，

扑面溢芳醇。

四川黄龙峰

黄龙鳞耀眼，

峭壁雪皑皑。

人向巅峰涌，

轿夫双杠弯。

又宿天堂寺

三峡一路绿，

五月马兰红。

藏韵和人意，

天堂未了情。

墨抚玉树

泥石流作浪，

歌赋呐邦兴。

笔墨千滴泪，

五洲仁爱情。

白露行

时节分秕饱，

田野荡秋风。

木叶星星落，

高粱日日红。

满庭芳·咏红崖水库

日丽风和，黑山漫步，午阴月榭风亭。凭栏观望，景色醉人倾。眷恋红崖碧水，坝堤下，芦荡青青。当心处，鱼虾得意，骚逗小浮萍。

轻风，拂绿浪，麦花点点，满目葱葱。最爱胡杨树，毓秀婷婷。何虑黄龙滚滚，沐春雨，南水淙淙。贪杯后，燃灯走笔，歌以咏滔鸣。

沁园春·贺又心就读中国人民大学

鹊登高枝,圣火欣燃,祥霭盈门。获又心佳讯,蟾宫折桂;文昌抬爱,天道酬勤。升族之昆,举觞称贺,有凤来仪沐祖荫。择吉日,就京城名府,一路风云。

茫茫学海无垠。苦破浪乘风舸竞春。度寒窗岁月,经年不倦;史文格致,烛映星辰。寸草春晖,良师益友,万马千军及第人。玉成器,佩才郎省祖,荣耀宗亲。

注:2008年秋日,金城家宴,席间喜闻小妹又心考入中国人民大学,深感可喜可贺,即兴随成自度曲一首,后经修改入律,即和"沁园春"之曲。

水调歌头·颂江泽民

英才露交大,壮志展申城。承前启后伟业,天地蕴杰雄。举步华国特色,全力复兴方略,挥剑斩蠹虫。跨越穷困线,十亿颂丰功。

港澳归,三峡动,奥运红。神舟翔宇,西部泼墨画图浓。宏论三个代表,谈笑寰球云雨,风范魄恢弘。巨笔赋诗句,华夏目欣荣。

沁园春·天马盛节

秋色秋香,胜友如云,天马飞腾。踏高原雪域,格桑灿烂;祁连玉砌,丝路飘虹。潮起红崖,风拂大漠,沙枣胡杨舞玉龙。穿农舍,赏田园景色,其乐融融。

古凉人脉恢弘。载无数英才四海行。览文昌孔庙,文章秋水;吹烟百塔,圆月星空。张澍学丰,牛公官煊,忠烈杨门西路红。逢盛世,擂太平大鼓,潮荡春风。

注:张澍,甘肃武威人,晚清著名经学家、史学家和金石学家。牛公,指牛鉴,字镜堂,号雪樵,是清嘉庆十九年(1814)二甲第四名进士,曾任河南巡抚、两江总督等职。

沁园春·清明断想

时序清明,纸钱灰飞,花絮芬芳。踏乡间小路,轻风拂面;牛羊遍野,泥土芳香。水荡清波,苗着玉露,处处春潮犁作忙。观巨变,话农家日月,禾黍盈仓。

儿时卷卷张张。弄叉把镰刀多喜洋。窜田间陌道,天真烂漫;追蝶捕雀,尽兴张扬。今女同行,浮篇联卷,独木桥头那此章。如硕斧,劈童真天地,放鸟飞翔。

浪淘沙·登嘉峪关

大雪壮雄关,玉浪滔天。

秦砖汉瓦五千年。

大气磅礴横漠塞,忘返流连。

览史展兵间,硕斧节鞭。

垂青当数霍骞篇。

杨柳春风今又是,地覆天翻。

注:霍骞,指霍去病、张骞。

清平乐·雪落谷雨

谷雨飞雪，

疑似寒十月。

万里江河粉妆夜，

青女三千飘落。

无乎天道难为，

何惧蝇虫嗡飞。

仰我泱泱华夏，

劲风奥运旌吹。

贺新郎·重游东湖镇

　　此地一挥手。指揞来廿十年矣,梦萦心叩。往事如云东湖雨,吹绿春秋杨柳。滋润了万千童秀。还有土房油灯影,遇人间知己朝夕走。同志道,人敦厚。

　　今宵畅饮骆驼酒。月明风轻天作美,应邀诗就。时境时情时相聚,点点滴滴怀旧。举杯共祝人长久。思绪万千难夜眠,又传来晨咏消酣酎。红日映,话师友。

清平乐·戊子年霜降

梧桐霜落，

独自悲残月。

雁阵惊寒三更夜，

声断秋风大漠。

三湘前日一游，

处处绿水长流。

梦涌萦萦历历，

畅想橘子洲头。

念奴娇·吟汶川大地震

　　三川大震,瞬息间,地陷天翻山裂。满目坍墟还堰塞,长夜难消寒彻。雨泻余波,路桥中断,一片冰霜雪。呼天呼地,凄凄惨惨似血。

　　携手对口连心,三军将士,气吞南天岳。秒秒分分生命曲,尚有一息不懈。天道无常,旦夕横祸,风雨难知测。人间大爱,三年邀赏明月。

菩萨蛮·清明祭母

春来梦呓常慈母，

忽而深夜呼儿乳。

疑母有魂灵，

阴阳感应生。

清明烟袅绕，

一路跪尘扫。

祖冢碰荒滩，

儿孙心意寒。

西湖路·登苏武山

幽幽峡谷西风裂,漠腹地,

尖如铁。折戟沉沙多少血。

浮现汉室,苏公牧野。

只影冰霜月。

嘶嘶胡马兵丘壑,一代忠良守操节。

迭起心潮翻史册。中郎轶事,

今从头阅,

祠庙何时没。

水调歌头·陪文婕
兰大同学观光大漠

　　沙海千层浪,野卉郁香浓。江南学子西游,丝路染激情。大漠万千气象,少小下洋登水,那有此云风。景奇随移步,处处舞黄龙。

　　沙生园,瞭望塔,宋和行。评说草木结网,妙手点葱茏。生态群情万岁,仰望丰碑高耸,诗赋唱英雄。一曲挥毫就,流韵自当中。

沁园春·赞胡锦涛

学就清华,才显陇上,藏黔之行。引科学大道,和谐跨越;江山万里,人政和通。东振雄风,南流北曲;天路高歌唱域红。小康路,惠三农雨露,物阜风清。

世博奥运登峰。仰神六神七遨宇穹。展大国风采,频频外事;五洲抬眼,四海成胸。国共新篇,京华握手,谈笑人间求大同。慕华夏,仰风流人物,天马横空。

水调歌头·北京奥运开幕

火树银花夜,璀璨北京城。鸟巢溢彩流光,壮士踏程征。五角五环猎猎,奏响东方神韵,迭掌起高朋。圣火飞人冉,万众沸腾声。

华章开,缶光烁,舞乐升。五千华夏长卷,抒览烁繁星。远画春秋秦汉,近写神舟飞跃,挥笔妙花生。三大主题曲,六管和春风。

沁园春·圣火燃陇原

五环传承,流韵文明,和平象征。漫飞天故里,激情奔放;吉祥圣火,紫气门盈。丝路飘辉,雄关增色,首炬钢城燃冉升。皋兰下,喜黄河儿女,一片欢腾。

百年百语难呈。有多少家仇国恨生。戏病夫东亚,不堪于忍;许枪雪耻,荣跃乒峰。勇冠三军,郎平一代,热泪巾帼浸五星。桂芳月,展东方风采,梦想今成。

注:钢城,指嘉峪关市。许,指许海峰,我国著名的射击运动员。在第23届奥运会上,获男子手枪60发慢射冠军,成为本届奥运会首枚金牌得主,同时也是中国的首位奥运冠军得主,打破了中国奥运史上金牌"零"的纪录。荣,指荣国团,我国著名乒乓球运动员。

贺新郎·与繁己话旧

忆汝初成业。数春秋，三十年矣，花开花谢。天命之年多往事，衾夜难消明月。常梦里儿时卷页。岔岔沟沟学堂路，恋寒窗哥俩灯花落。虽冷饿，却人乐。

君行曾记那长夜。褐被毛毡同绣枕，一宵意惬。从此各挥东南北，犹似天涯海角。问讯路桥兄热血。脱颖镍都金城曲，又陇原大道新飞跃。人义孝，才红叶。

念奴娇·青土湖感怀

　　西河滚滚,浪飞花,自古鱼米之港。塞上风光芳草地,千顷碧波荡漾。野卉缤纷,水天一色,柳浪闻莺唱。绿洲如画,儿时抬眼神往。

　　何日青土干涸,青牛遁没,黄龙人沮丧。十地九荒梢枯木,遍地碏滩沙浪。华北蒙尘,河西危矣,望境生惆怅。重拳三套,同心同治同上。

沁园春·过文县

　　三月阳春,阴平古道,车水马龙。看山山峁峁,轻云薄雾;大沟小岔,郁郁葱葱。露映朝霞,茶翻绿浪,嫩叶新芽竞向荣。少男女,拧竹篮箕篓,分外婷婷。

　　文州自古香茗。沐山水灵光万紫红。漫乡间小路,柳荫匝地;氤氲弥洒,红瓦砖青。党惠国泽,天章云锦,被覆农家日月兴。休暇日,览陇原春色,逸兴无穷。

忆江南·沙乡美

沙乡美，杨柳抚田畴。
六月南风舞麦浪。
当年红枣不言羞。
瓜果写金秋。

沙乡美，红岸荡轻舟。
跃进滔滔歌盛世，
春风缕缕解农愁。
能不绿沙丘。

沙乡美，乡女乐悠悠。
雨洒田间成米谷，
风吹玉树放枝稠。
桃李竞风流。

高士琴韵

古风古雅

绿洲览景

冬雪夏雨祁连山，

春溪秋波石羊蓝。

千里芳草漫丝路，

万顷麦浪舞山川。

瓜果飘香农夫乐，

绿茵满坡牧人酣。

阡阡陌陌如诗画，

庄庄村村似桃园。

古风古雅

雪域放歌

数九高原皑皑雪，

温棚春涌金强河。

双孢菇香飘华锐，

红提葡萄笑山坡。

远销葱韭海内外，

近俏辣菽红似血。

科技巧借太阳力，

扬鞭跃马唱大歌。

罂粟飞花

落日匆游黄羊河，

溪水小楼绿树合。

千道哨卡铁丝网，

万里长城大漠斜。

车外凋花片片落，

田间罂粟忙秋撷。

大地哪时造奇物，

喜怒哀乐无奈何。

神七问天

神七问天东风城，

哥仨整装太空行。

飘飘胡叶壮秋色，

霏霏细雨随人心。

箭船将士共振曲，

大江南北同喜荣。

三赋华夏威武篇，

十亿颂歌航天人。

瑞雪兆丰

冰封红崖朔风寒，

雾挂苏山梨花开。

斗转潴泽锁沙患，

瑞盈跃进兆丰年。

干涸柳湖腾雪浪，

久枯西河生机还。

更喜景电舞玉龙，

黄河之水天上来。

秋登黑山

阴阴梭杨鸣鸟雀，

涛涛红崖鱼儿跃。

黑山千仞览绿洲，

棉田万顷涌白雪。

一泻跃进青土湖，

两崖秋红南北车。

谁人不言沙乡美，

归来即兴吟秋色。

观电视剧《康熙秘史》

一代明君康熙帝，

正史野书多传奇。

除鳌削藩平天下，

文治武功开盛世。

前庭山呼岁万万，

后宫邀宠娇滴滴。

风云大清三百年，

末了青格一团迷。

注：鳌拜，清朝开国功臣，康熙朝首辅大臣，后居功自傲，被康熙所杀。青格格，据传为鳌拜之女，皇宫格格。与康熙青梅竹马，康熙非常爱慕，因种种原因，终未能得手得心。

古风古雅

农家丧俗

旗幡飘庄头，

斋品供灵柩。

一对童男女，

两只金银斗。

寿高丧喜理，

子多麻衣稠。

夜来起经卷，

三拜九叩首。

镍都一瞥

西河清清水，

龙首尽朝晖。

边城空山里，

镍浪花絮飞。

青睐五洲客，

满载四海归。

南巡话福祉，

春风放红梅。

注：龙首，指金昌市龙首山庄。南巡，指1992年春天，邓小平同志到南方广东等地视察，至此中国改革开放进入新阶段。

古风古雅

过金沙江

星星之火井岗起，

二万五千北上路。

穿赣入川渡金沙，

雪山草地人间苦。

中川飞长沙

才踏中川皑皑雪，

又经黄花沥沥雨。

一盒小菜三千路，

茫茫云海浮两翼。

高士琴韵

古风古雅

登东镇木楼

今登木楼心怡然，

画栋雕梁映天蓝。

虽说当年耕耘苦，

青春热血情满怀。

深楼观花

三经乔迁落古郡，

十年兰花倍葱葱。

叶染四季满阁绿，

花映三冬日月红。

娉娉佳卉次第新，

天道酬勤育花人。

莫说群芳开无意，

但得暄妍伴春风。

古风古雅

165

敬仰邓小平

漂洋过海真理求，

救国救民壮志酬。

复兴之路呕心血，

丰功伟绩载史秋。

大别南下赫赫功，

大智大勇刘邓军。

凯旋授衔高风亮。

不计元帅不挂勋。

治党理政兴三军，

奸佞作崇难容君。

三起三落论真理，

拨乱反正堪功臣。

三中全会昌国运，
南巡春风涌潮动。
唯此唯大福祉路，
改革开放受戴拥。

烈士暮年雪国耻，
一国两制构新图。
月圆港澳百年梦，
奠基海峡和谐路。

重教尚学少年起，
华夏复兴育才急。
高瞻远瞩三面向，
滋兰玉树争朝夕。

古风古雅

民勤四吟

曲曲虬枝满沙梁，
童颜白发筑风墙。
红柳叶衬三春丽，
沙枣花开一脉香。

家家四顾牛羊壮，
驱车十里麦花香。
毛条梭梭一望绿，
并作红崖六月凉。

月涌棉田腾雪浪，
风吹草低见牛羊。
商贾十万春潮动，
柳湖一片撷秋忙。

悠悠古镇长城外，
源源文化诸夏先。
更喜重教尚学路，
躬耕父母种书田。

张掖行

丙戌八月丝路行，
胡杨柳浪闻啼莺。
故人置酒卧佛里，
金樽明月同窗情。

赤峰青灯马蹄崴，
晚霞短笛牛羊归。
歌声不断酒不断，
裕姑藏童情难违。

黑河滔滔演古今，
祁连巍巍西路魂。
自古干戈纷争地，
今朝滋兰桃李风。

注：四郡，指汉时设立的武威、张掖、酒泉、敦煌河西
四郡。五凉，指古时的五个"凉国"政权。杨门，指宋时杨
家将，相传壮烈古浪峡。西路，指西路红军浴血西征。甘
州石，指横卧古浪峡312国道旁的一块奇石。相传原是甘
州的一块石，后忽然一夜飞落古浪峡。

游新马泰

神往圣陶沙，有幸登花芭。
放眼连天海，尽收咽喉峡。

云顶高千仞，博彩火其中，
四海五洲客，流水雪花银。

休闲金沙岛，黑妹芭堤娇。
妻笑脱衣舞，余烦美人妖。

注：圣陶沙，新加坡南部的一个小岛。面积仅3万平
方公里。花芭山，地处新加坡本土最南端，高115米，是新
加坡的最高峰。咽喉峡，即新加坡海峡，是连接欧洲、亚
洲、非洲、大洋洲的必经要道。云顶，即云顶山，是马兰西
亚的一座名山，山上设有国际大赌场，号称博彩第一城。
金沙岛，是泰国的一个美丽小岛，美越战争其间曾是美
军军事基地，现为旅游休闲胜地。芭堤亚，是泰国最大的
开放城市。

《富春山居图》

富春山图，画中兰亭；

江南美景，尽收笔底。

沧桑百年，几易其主；

福兮祸兮，身曲世奇。

无用师卷，剩山之图；

宫庭真赝，战火生离。

国宝迄今，隔海相望；

一图两岸，合璧待时。

注：《富春山居图》是元代画家黄公望的杰作。始于
至正七年—至正十年完成。被后世喻为画中之兰亭。距
今600余春秋，几易其主，出入清宫，多遭劫难。后被战火
生分两半，一半即《无用师卷》现在台北，一半即《剩山
图》现在杭州，2010年两会期间温家宝总理在中外记者
见面会上讲起了这幅传世名画，使人感慨万千。故吟此
句。

国庆60抒怀

金风送爽,盛世盛典,纵眸古今。昔虎门硝烟,不堪回首;卢沟剑影,幕幕揪心。清朽蒋腐,国将不国,江河日下愤填膺。仰上苍,登昆仑长啸,谁予吾缨?

南湖之火星星。燃华夏大地唤狮醒。苦二万五千,志士喋血;八载三秋,寇伏匪擒。延河凯旋,伟人庄言,从此独立步复兴。一甲子,看江山锦绣,国富民盈。

咏乌鞘岭特长隧道

几经乌鞘岭，浮云三千丈。六月白雪皑皑，多少车马仰。如今桥涵神工，马达长笛高歌，穿越隧道王。千古杰作篇，万里安无恙。

高速起，复线通，贯京疆。接连欧亚大陆，丝路助芬芳。正是西部春风，缕缕祁连天山，商旅喜洋洋。国力惟盛日，百业齐兴旺。

嫦娥一号奔月

嫦娥奔月，西昌城，天上人间沸腾。一路风尘千万里，扬帆浩浩星空。唐诗宋章，横亘画卷，梦圆东方红。钱公波折，代代儿女忠魂。

而今天下之争，星船弹箭，纷纷夺天工。战国神话归藏自，中华畅想苍穹。不为列强，不为争霸，只为洞迷宫。天人合一，环球共享大同。

注：钱公，指钱学森，中国老一辈航天专家，从美国转辗回国。《归藏》战国神话小说。

吟白塔寺

漫漫丝路,风雨沧桑,白塔作证。昔萨班阔端,融合时势;月圆凉州,流芳星辰。自古至今,汉藏蒙满,人文源源连蔓藤。新中国,看雪域巨变,马蹄春风。

达赖吱吱嗡嗡。借奥运煽动打砸焚。打民族旗号,里勾外连;还三道四,荒诞不经。分割独立,妄辙奴制,普天众僧岂容忍。回来吧!寄夷蛮篱下,落叶归根。

北京奥运会闭幕

完美谢幕，圣火熄，试看中华风云。礼花绽放歌如潮，拥抱热泪滚滚。此情此景，谁言国界，肤种更不同。自古至今，数我北京成功。

曲曲金牌酣战，男艰女辛，五洲歌英雄。鸟巢一绝水立方，彰显三大奥运。体坛篇章，民族自豪，文化春意融。今宵难忘，依依东方星空。

瑞 安 堡

　　久闻王庆云,今上瑞安堡。凤凰殿翅飞翔,庄修一品朝。外植古槐松柏,内陈民俗风展,座北映日照。首登绣阁楼,再观瞭望哨。

　　筑女墙,造天井,布暗道。匠心独具良苦,百姓筑宅豪。七十春秋年矣,功过千秋评说,艺取中日俏。主公长瞑瞑,游人兴致高。

贺神六飞天

金秋明月夜,神六遨苍穹。人间欢呼雀跃,常娥惊双龙。千年梦圆飞天,昔日列强震撼,威武陆海空。英雄凯旋日,人民歌功勋。

北航才,西昌情,大漠魂。两弹一星精神,唱响东方红。毛公叹斗难天,几代不舍昼夜,而今慕风云。华夏壮国威,环宇生大同。

母校述怀

风清月淡淡,千古凤凰台。二十三年过去,恩师霜鬓染。昔日寒窗土窑,而今亭台楼阁,苍松壮其观。穿过灯光场,又喜音体馆。

图书室,报告厅,更风彩。百年宜时而进,标新挂云帆。耕者孜孜不倦,学子朗朗书声,矢志昭宇环。文昌酬笃勤,桂籍垂英才。

自由诗曲

石羊河之歌

今夜星光灿烂

独步石羊河畔

一片红叶

激起昔日的涟漪

几缕月色

勾出无限的情思

远处,山峰巍巍

可是石羊之根

脚下,绿洲茵茵

可是石羊之魂

祁连山四季飞雪

石羊河一路高歌

红崖水

苏山韵

正是儿时最爱听的歌

可是后来的日子
再没能听到那支歌
风沙扬起的路上
是谁让祁连无奈
是谁让石羊干涸
就连她最宠的青土湖
也已被黄龙吞没

夜已经很深很沉
恍惚中
又听见那支歌
带着百姓的期盼
带着媒体的呐喊
带着总理的关怀
但愿它划破星空
惊醒还在酣睡的人们

大漠随想

夕阳染红了大漠

沙梁上一群骆驼

没有鞍辔

没有烦恼

把一篇篇威武的诗章

印在了沙滩上

晨露点缀的沙樱桃

娇滴滴

亮晶晶

惹得多情的小沙鸡

一会儿吻吻红的

一会儿逗逗绿的

沙丘上

黄羊奔跑

沙窝里

沙葱茵茵
毛毛雨下了三天三夜
怂恿沙葱戏弄着黄羊
贪婪地一根不留

沙浴更有一番情趣
火辣辣的太阳底下
野花扑鼻香
人在沙中游
此时什么都不想了

大漠无垠
沙浪如潮
从小长在沙的怀抱
是沙开阔了我的心胸
是我接受了沙的哺育
这份情始终热恋着

瓜田书田

冬至那天早上

西北风夹着雪花

天特别冷

父亲吆喝着毛驴

吆喝着那辆

装满土粪的架子车

向着瓜田而去

看着霜雾中的父亲

我和妹相视无语

母亲催我们上学

干粮棉袄

昨晚早就准备好了

为了这块书田

她起早贪黑地耕耘

立秋那天晚上

月光下的瓜田

格外美丽

高考佳音

中考喜讯

沸腾了小瓜棚

瓜香、书香、酒香

一家人甜甜地吮吸着

绿洲春秋

风来了,春来了

左公柳绿了

胡杨树醒了

庄前屋后的杏花

招来一群群蜜蜂

忙忙碌碌,放飞希望

枣红了,秋红了

田野里瓜熟了

霜叶下羔肥了

南来北往的商贾

簇拥着一伙农夫

张张笑脸,收获喜悦

农家四季歌

春天来了，

草色青青；

田野泥土碰鼻香，

燕子多情飞不休，

三阳走犁沟。

夏天来了，

蝉鸣阵阵；

遍地麦田金浪舞，

机鸣马啸镰飞扬，

三夏夺粒忙。

秋天来了，

金色片片；

红叶纷飞牛羊壮，

高粱弯弯果枝俏，

三农喜眉梢。

冬天来了，

瑞雪飘飘；

北国千里粉玉砌，

五谷丰登喜征兆，

三灾病魔消。

品　瓜

日映苏山红，

独钟沙乡瓜。

天马盛歌动寰宇，

品瓜共诗话。

诗开心境阔，

词华意无瑕。

葡萄胡杨亦解语，

也慰汉中郎。

咏　瓜

立夏开沟犁，

中秋月下席。

十万商贾下丝路，

争购黄河蜜。

昼夜温差大，

日照时间长。

得天独厚是沙乡，

举世夺珍奇。

奥运来了

奥运来了,和平来了

尽管你的呐喊

未能制止战争和杀戮

但你的呼吁和追求

却赢得了四年一次和平日

虽然休战是暂时的

而全球是安宁的

人们会更加珍惜幸福

奥运来了,友谊来了

尽管相聚匆匆

而友谊天长地久

虽然是一粒种子

而收获是饱满的果实

永远的五环,永远的朋友

同一个世界,同一个梦想

让世界凝聚成一朵花

奥运来了,进步来了

不仅是运动员在参与

而是更多的民众在普及

不仅是球是箭是枪在涌动

而是教育文化环保在同行

城市功能在改善

服务水平在升级

全民素质在提高

奥运来了,平等来了

尽管信念信仰性别不同

但平台机遇是等同的

尽管有过种族歧视

但人们仍然给予了

欧文斯热烈的掌声

阿里点燃了亚特兰大火炬

女运队员的身音

越来越高

越来越多

骈辞新赋

祭汶川大震

　　戊子初夏,祸降三川,山崩地裂,凄凄惨惨;救汶川而路中断,过三江而桥坍塌。雨雾蒙蒙,三军仰上苍以叹,生死攸关,万民焦骨肉之危,生命赢弱,诚若覆巢之卵,顷刻间一瞑不视,生命神奇,犹如虎牛之强,数日来罕迹不穷。天道无情,人间有爱。锦涛冒震续之险,家宝舍花甲之躯。中华民族之美德,众志成城,友邦人道之义举,可歌可泣。亡者于九泉安灵,伤者于惊魂回首。同悲国殇,生者以进。三日大祭,下半旗以先河,汽笛长鸣,凝国人而空前。中国加油,双臂振而山河动。四川挺住,呐喊呼而鬼神泣。至痛与大爱,民族精神之洗礼,惨烈与悲壮,人类灵魂之震憾。旗幡如林,白花似雪,遇难同胞,呜呼尚飨。

怀念父亲

　　呜呼！丙戌早春，草木苏发，本乃易感之季，二月初五，家父长辞，无可奈何之日。父亲生于公元一九二五年腊月十五，逝世于公元二〇〇六年二月初五九时三十分。享年八十又二。父亲走得很突然，而很安详；儿子想说的很多，而无头绪。此时此刻，怀抱父亲，欲大哭而儿无泪，再叫爹而父无应；此情此境，感慨万千，缺憾之多而无以弥补，忠孝之情而难以双全。兄嫂早去，姊妹寡鲜，深感手足之单；亲朋好友，热心相助，顿觉身心之暖。各级组织之关怀，老家宗亲之照应，为儿感之动之！合家欣之慰之！

　　父亲一生岁月漫长，历经两朝，沐浴沧桑。生平简单，一辈子种田理家，做人端庄，一辈子守土有责。父亲很能干，庄稼地里样样在行;父亲很善良,乡邻故里人多称扬。家有今日,子成今业,父亲千辛万苦,祖上灵光佑照。父亲一辈子多灾多难,三岁丧母,从小失去精神支柱。十七丧父,过早挑起家务重担。兵荒马乱,正是改朝换代之时,望族大家,一下落入千丈之谷。作为长兄,被迫辍学。种田纳税,避兵买丁,外无期功强劲之亲,内无五尺应门之童。大家难理,仨兄弟分房而居,穿衣吃饭,四儿女抚养而难。为了这个家,您委身于临河、求生于邓口,修渠放牧,打工度日,至今两肩疤痕未退。为了这个家,大姐远嫁他乡,她的不幸使您一辈子揪心。母亲思念外孙,您数次往返于河套,时常难眠于永夜,暗自流泪。哥嫂病逝,您已鬓发霜白。合家种田度日,您早已身心疲惫。在哥嫂病重的日子里,您与母亲东奔西跑,求医找药,偏方正方,能生之方生之;烧香拜佛,

高士琴韵

骈辞新赋

能拜之佛拜之,但终究还是白发父母送走了黑发儿媳。那时两个侄女幼小,您和母亲,辈分之论,是爷爷奶奶,生活之苦,是爹爹妈妈。三十亩庄稼,一头小毛驴,一辆破架子车,年逾花甲的您,是我们家唯一的男劳力,一个大院子您就是主心骨。记得八三年六月黄田,哥哥病入膏肓,我和您套车转田,下坡时车翻人仰,父子俩蹲在人烟稀少的碱滩上抱头痛哭,老天你还有眼吗?儿子心里明白在那些日子里,父亲早有轻生之念,但我明白,为了这个家,为了儿孙们,您以超人的毅力挺了过来。父亲您特别能吃苦,有过人的忍耐力;您特别能奉献,有朴实农民那种高贵品格。

九二年春天母亲去世后,我们全家搬进了县城,多亏两个侄女的照顾,使您品尝了新生活的滋味,分享了人间的天伦之乐。但您内心那种孤独与寂寞,儿子看在眼里,苦在心里。

　　今天您走了，永远走了，在您踏上极乐征途的时刻，鲜花满院，挽幛半墙。多少人为您送终，多少人为您奠酒。您最牵挂的外孙从后套赶来为您吊丧，您最骄傲的家孙从兰大请假为您道别。各位领导、亲朋好友、市县教育局的同仁，把您的葬礼想得很周全，办得很体面，儿子代您深深答谢了！在母亲去世后，两个侄女把您伺候了十多年，作为隔辈人，实属不易。两个侄女女婿，阿叔给你们鞠躬了。在您卧床之际，妹夫东奔西跑，日夜操心，作为女婿，难能可贵，当哥的给你磕头了。唯有儿子儿媳，生不能相善以居，殁不能尽孝以终，孝道不至，罪过难恕。在您着床的日子里，儿子只陪您睡过两个晚上，这是儿子终生的遗憾，一辈子不能抹平的伤痛。

　　风萧萧兮，月凄凄，回忆生父兮，泪戚

戚。遥望白云兮,渺而渺。再见吾父兮,难而难。古人说,人生一世,宁隔千山万水,不隔寸板尺土。千山万水相会有期,寸板尺土欲见无术。儿孙再见父亲、爷爷、太爷,只能是遗像一尊。儿子曾对朋友说过:我母亲一生没过过几天好日子,为此儿没少伤心流泪,相比父亲晚年享了清福,百年之后儿子再不会流泪,然而事实并非如此。说实在的,儿女对父母,相比父母对儿女,所付出的实在太少太少了。

所幸父亲寿逾八旬,四世同堂。生前承欢有子,绕膝有孙;去后麻衣如雪,旗幡招扬,谓之有幸。望父亲含笑于九泉,佑儿孙安乐于人间!

呜呼!儿言虽穷,情不可终。父若知也耶,以鉴儿心!呜呼哀哉,伏维尚飨!

二〇〇六年农历二月十一日

后　记

　　余乃沙乡一粒,生于青土湖畔,长饮石羊之水。自幼喜爱文学,苦于十年劫难,之后从教为政,常伴官样文章。而忙中偷闲,时有感而发,或歌或赋。今临退职退休,整收成集。虽感粗鄙之词,不奢登大雅之堂,而对我爬格子大半辈子,也算是一种心血的慰藉。

　　本集成行,承蒙亲朋好友关爱,在此深表谢意!尤兆虎先生为序,使人不甚感激;全国夫子斟韵酌工,少英才俊修枝润叶,文婕文妤纠平教仄,于今最终出炉。

　　由于水平有限,加之时间仓促,缺火缺失之处难免,敬请读者不吝指教!

作者

二〇一一年冬日